歌集

夜のおはよう

野村まさこ

六花書林

夜のおはよう　＊　目次

I

II

夜のおはよう

装画　著者
装幀　真田幸治

I

来室者なし

落葉しがらんどうなる欅越し　月はひっそりこちらを見てる

「マスクくれ！」「先生聞いて！」生徒等が困ったときに来る保健室

「父さんはいつも否定から入る」って泣きだした子の頭を撫でる

最後まで話さなくていいカーテンに染み込ませておく君の悩みは

朝霜にあたりながらもいのち濃き真冬の薔薇はゆっくりと咲く

「寒いね」と震える女子はストーブにミニスカートでくっついたまま

新年の仕事始めの保健室「来室者なし」を良しとするなり

流行に乗り遅れたような気になりてインフルエンザに罹りたき女子

一斉に杏の花は咲き初めぬ遅るる春を急かせるように

169・9センチの春

降り止まぬ雨のリズムは春を待つ桜揺るがす淡き胎動

少年を羨むように「僕」という一人称で少女は語る

「僕」ならば無色のままでとどまれる少女が「僕」でいられるうちは

くちびるが「僕」から「あたし」に変化するリアルな恋を知った少女は

一ミリで「君」の何かが変化する１６９・９センチの春

二次元のガールフレンドは平気でもリアルな女子は苦手な少年

指先を右斜め下に反らせてはランドルト環の切れ間を示す

「頑張る！」と宣言をして朝食を控えた女生徒　体重測る

検診の準備長引き帰宅九時　夕食またもレトルトとなり

じんじんと脳が痺れる忙しさ書類の◯《まる》も楕円に見えて

「みんなより俺って大人？」と少年は椅子にもたれる智歯《ちし》の生えれば

全校集会

夏雲をちぎったような花手毬　空の青さに染まらずひらく

一人でもごそごそ動く者いれば先に進まぬ全校集会

長引ける講話についに耐えかねてどさっ！と倒れる女生徒一人

褒められる話題は稀で九割は叱られている全校集会

マニュアルに頼る教師の言葉から零れ落ちてゆくひとのぬくもり

人間の干物ができると脱水の生徒を診たる医師が呟く

貧血を起こした女生徒　朝食のメニューは今日も飴だま一個

絡みゆく雨の軌跡を追ううちに雫はわたしの瞳に落ちる

よれた白衣

偶数のなかよしさんを求めては女の子たちが揉める遠足

割り切れぬ数はきっかけ　少女らの不安をあおる班別行動

クモの巣のようにメールに縛られてそれでも少女は電源切れず

人間と喋らぬ仕事を希望する生徒の夢はペットのトリマー

限界を早めに決めて諦める　転ばぬように生徒は時に

膝小僧叩いて帰る用意しよう　よれた白衣は脱いでしまって

舌を刺すラムネはじける夏祭りからから笑う夫と歩く

母のもぐトマトかじれば青臭く口に広がる原始の甘さ

横たわりくちづけを待つ人形が気道確保後四体並ぶ

やっと来た休暇を静かに喜んではらりと回る秋の室外機

図書館

怒られることに慣れてる少年がゆるやかな時を過ごす図書館

古書からの甘い香りに誘われて閲覧室へ持ち込む茂吉

書架越しのさざ波のような囁きは泡立つ心を鎮めてくれる

雪の無い冬などないと友の記す林檎の香りを帯びた便箋

受付を締め切らないでまだ冬は雪を僕らに届けるつもりだ

爪先が痺れるほどの寒き日は夫とそれぞれ湯たんぽ入れる

辛口な夫の言葉は後を引く私好みのカレーのように

ひとつずつ本音で話しだすように欅が枯葉を落としてみせる

プラゴミと生ゴミほどは簡単に分別できない生徒の悩み

包帯を巻きながら見る女生徒の袖のボタンはぐらぐらしてる

携帯を巧みに操る親指はボタンの縫いつけ方を知らない

ぐるぐるとマイナス思考に沈み込む少女に「そっか…」と浮き輪を投げる

ケヤキは有罪

幾枚も重なり影を作りだすケヤキの葉っぱはみどりのセロファン

頼むよと撫でれば機嫌が直るのか輪転機さん「保健だより」吐く

降り出した言葉の雨の止むころに「ママには内緒」と少女念押す

筆箱にうろこのごとく貼られたるプリクラシールは友達リスト

何回も貼り直すうちに剝がれ出す付箋のような生徒の友情

振り向けばペーパームーンがさっくりと心を薄くそぎ落とす夜

霜月のケヤキの枝にひとつふたつ街の灯りがかかって揺れる

でこぼこの根元で転ぶ生徒増えケヤキは「有罪」伐採決まる

ぐうるりと巻き尺当てて慎重にケヤキのウエスト測る庭師ら

夕暮れのケヤキの枝に流れ着きすぐに離れる三日月の舟

伐採はひっそり土曜に終わりたりケヤキの居ない月曜の朝

かさぶたのようにコンクリ塗られたるケヤキの跡に車が止まる

六本のケヤキが消えて校内は西日がじかにふりそそいでる

ニートの免許

風邪ひとつひけないと笑う卒業生　無職で保険に入っていない

職の無き卒業生はこの春もニートの免許の更新をする

二次元の彼女とはまだ続いててリアルな女子とは無縁の青年

嬉々として早退の準備ととのえる生徒の鞄に教科書あらず

たいていは「だるい」に丸がついている問診票を束ねて仕舞う

神様も編み物をする空からは雪のモチーフ幾つも落ちて

「頑張らないあなたが丁度いいんです」じゅわっと染みる女医のひと言

穏やかに転勤告げる女医の声　静かに浸る寛解の海

リセット

本当にあかくなれるか心配なイチゴはヘタにしがみついてる

わさわさのポップコーンの箱の底　弾けきれない少年がいる

もやもやをリセットできる魔法だと少年はペンをくるくる回す

ていねいに灰汁を掬ったスープのよう　悩みを話した後の生徒は

そもそもの馴れ染めなどはキッチンで一つにされたカレーとうどん

立ち読みをするふりしては確かめる夫と私の身長差とか

休日に多めに取ったはずなのに残高ゼロの睡眠貯金

腹痛の原因に「冷え」と書く女子のスカート丈はとても短い

早退の生徒の手を引く母親の笑顔やさしい校舎出るまで

夕飯にコロッケ作ると決めたとき　捻挫の生徒運ばれてくる

記念日をどんどん作る少年に今日は「脱臼記念日」となる

眠れない午前三時のひとりごと数え切れずにこぼれたひつじ

決算

雪雲を注ぎ足すような製鉄の煙つぎつぎ空へ連なる

「期待などしてはいない」と言いながら男子がそわそわしだす如月

その年のオトコの決算示すらしい　チョコが手元にあるかどうかが

義理でいい　一つのチョコが「オス」という存在照らすバレンタインの

添えられた手紙に並ぶ丸文字がチョコより甘い言葉を運ぶ

新任の教師の机に置かれたるチョコを数える教頭の指

美術部に移ろうかなって言い出した娘は恋をしているらしい

あれこれと文句をならべて憤る　娘はほんとは恋が怖くて

言いたくない小言は溢れ始めてて察した娘はトイレへ逃げる

おいしさは罪の一つで母の焼くパウンドケーキの誘惑は罪

ひとしきりチョコを食べてるうちの娘はおととい失恋していたらしい

胸底に琥珀のようにかたまってしまった娘のサヨナラがある

モノクロの桜

配色を鮮やかにする春の雨　花に絵の具を注ぎ足すごとく

少しずつまるくなってくひだまりにとけてくような角刈りの父

口げんかするたび漏れるため息が父母をゆるーく繋ぎとめてる

ふわふわと闇に浮かんだモノクロの桜見ながら今宵も帰る

欠席の理由を記《しる》す白板に「機嫌が悪い」と書かれた少女

充電が切れそうなのだ「帰リ…タイ…」点滅しながら少女は話す

高熱の我が子は家に置いたまま止まない咳の生徒看ており

「学校に頑張ってくるキャンペーン」展開中だと少女は笑う

体調不良

体調が不良《ヤンキー》なので早退をさせろとしゃがみこんでる少年

説教が長引かぬように少年がすとんと下ろすこころのシャッター

残業の重さが腰にずっしりとまとわりついて痛む夜中も

バランスを崩してしまったやじろべえ「左卵巣嚢腫」の画像

天然の避暑地のひとつか目を閉じて欅の洞にとどまる蛙

「いないいないいない犬がいないいない」とじいちゃんがメールを家族に一斉送信

自分から逃げ出した犬は「落し物」　警察会計係担当

「ほうかチビは無事か」電話を受けながら頰がゆるみはじめるじいちゃん

スコールのあとの空には洗濯を終えた夏雲さっと流れる

潜水少女

ぬばたまの空に銀糸で縫いとめた＊《アスタリスク》を数える　子らと

息継ぎのためにひょっこり顔を出し保健室寄る生徒の多さ

「さんこいち」は三人一つのグループで「にこいち」と「いち」にすぐに分かれる

ケータイの絵文字のような(*^_^*)見せ少女は擬態を止めようとせぬ

ここだけのひみつはたいていそこだけにとどまらなくって学校巡る

女生徒が書き続けたる「嫌」の文字　問診票の裏を埋めたり

雨あとの水たまりにはゆるやかな雲がのんびり泳いでいたり

真夜中のＬＩＮＥの中に友情を確認するため少女は潜る

終われないしりとりのように返せども返せども来る携帯メール

あたたかき雨を最後に夏の果て　子らは日焼けを冷まして眠る

水面に垂らした糸の先端が跳ねた気がして携帯摑む

ひとつずつ生徒の言葉を拾っては各駅停車の列車とならん

正論

定員をはるかに超えて金柑の葉に集いたりアゲハの幼虫

正論がまぶしい朝もあるだろう　今日は日陰を選んで歩く

極甘のカラメルシロップ垂らしたるプリンの肌は少し荒れてる

がたがたと体を揺らし壁を蹴りゴシック体で息子は歩く

切れやすきヒューズを持った少年は人は殴らず床を蹴とばす

自己主張持たざる者が良い子だと勘違いして褒める教員

空気読む力に長ける子のおりて透明人間予備軍増える

練習に参加できない少年が松葉杖振るにわかバッター

「母親が原因ですよ」教員の見立て聞きたるわたくしも「母」

瞬きを忘れてしまった少年のカノジョはメモリーカードに三人

天井↑壁↓床に視線を落としては少年が語る恋の相談

「母さん」と背にもたれくる子の重さ　われを超えたり夫も超えたり

メンデルのいたずらなのか夫も娘も息子も義兄もみな左利き

ひとさじのハチミツたらしたトーストを夫と分け合う日曜の午後

ブラマンクの雲

花梨の実　枝たわませていくように大きくなりぬ卵巣嚢腫

「ご一緒にポテトはいかが」の気軽さで勧められたる子宮全摘

手術日を決めかねている雪の朝　こわばるからだ　こわがるからだ

あちこちにぶつかりながらにこにこと笑顔を作る　だって朝だし

終わりなき母の繰り言キリのよきころに緑茶をそっと注ぎ足す

厚塗りのブラマンクの雲　その奥に真実の空が隠れているか

この指でふれたらざらりとするだろう　溶けることなきブラマンクの雪

ひさかたの雨に枯木を浸すごと泣くのもいいさ保健室だし

行き先を教えてくれる満月が右折のたびに目の前に来る

七階の病室は空に近き場所　地に墜つるまで　雨を見ている

横たわり内科検診実施日に「徹子の部屋」を見る罪悪感

春過ぎて夏来たるまで子どもらの「ただいま」の声聞ける今年は

あたらしき明日を連れてくるような夕日に追われてカーテンを閉ず

泣き方に上手い下手などあるものか　タオルを鼻にぎゅっとあてたり

ごっそりととりのぞかれしツバメの巣　子宮無き腹そーっと撫でる

明るさをひとつ落としたほほえみで私の嘘に月は揺らめく

いかんいかん

ひと夜にてバネに変わりて嵐にもちぎれぬゴーヤの蔓となりたし

友達を傷つけることもあるのだと爪切りの意義を説く保健室

昼食のカレーヌードルふやけたり「ごめん」と切れぬ少女の会話

（いかんいかん）生徒泣きそう箱ティッシュ　二学期多めに注文せねば

（いかんいかん）生徒泣くときマイタオル忘れてならぬもらい泣き、また

黙したる生徒のくちびる動くまで真昼の月の明るさで待つ

お帰りのかわりのぺろりによろめきてぎゅっと子犬の匂いを抱く

ひらがなで「やせ」と記《き》すればありふれた事ととらえる羸痩《るいそう》の女子

きゅっと強く握ると折れてしまいそう　枯木のような少女の手首

保健室　泣いてる少女がピットイン　黙して渡すキティのタオル

女生徒がスクロールさせたケータイのＬＩＮＥに束ねたトモダチ百人

アドレスに登録されし「いいひと」は逢ったことない知らない誰か

トモダチのことなんだけどと打ち明けし少女の話は自分の悩み

父（空欄）母（運転手）簡単にお迎えが来ぬ生徒の早退

保健室　書類に埋もるる机あり「野村山脈↑雪崩に注意」

クリオネ

保健室　閑散となれば訪れる少女の話は長くて重い

「はらいた」と問診票に書く子たちメールにすらすら「腹痛降臨」

昨晩の睡眠不足の原因に「ねぶそく」と書く生徒の不思議

墨汁を零したくらいの罪悪感　生徒はＬＩＮＥにウワサを流す

早退の「早」の漢字がクリオネのようにあちこち記さるる名簿

冬夜空　星のざわめき賑やかにさらざんさらざん零れはせぬが

ぎっくり腰　その瞬間から私だけ時間が止まったように動けず

職場にてわが名はまだき立ちにけり「ようこそ同士よ、ぎっくり腰の」

うむうむと廊下で頷く校長も経験者なりぎっくり腰の

杏散り桜の花に手渡した春のバトンが順に色づく

担任はもてぬが気になる子は多く新入生の小さな背中

レモンスライスひとつの勇気

はやばやと脱衣し男子が胸筋の自慢始める内科検診

大ケガや持病で覚える生徒の名　元気なこの子の名前浮かばず

鍵盤が風の軌跡を追うようにメタセコイアの葉が揺れている

ぐりぐりとかすれたペンで描《えが》かれた雲に似ている生徒の悩み

試されているのだろうな教員は「怒りませんか？」で始まる話

夏空に一面広がれたっぷりとパカンと開けた雲の缶詰

すずやかな棗食むときこの体　しばし砂漠の雨の通過点

蓮の実が舌にほぐれるほろほろと青春の味が口にひろがる

炭酸が沁み込むように体中弾けるような蟬時雨受く

聞き役にならねば今日は手の甲に油性のペンで「聴《ちょう》」の一文字

教員はしんどくなったとお互いにおしぼりひろげ始める話

「辞めたい」と君が言うとは（わたしも）と声に出せずに箸を止めたり

返答を決めかねている夏の日にレモンスライスひとつの勇気

おからメンタル

何に今困っているのかわからないことに困って泣いてる少女

エスパーになるべきなのか会話なく少女の体調不良読み解く

絞り出す少女の声は「わたしたぶん〈豆腐メンタル〉なんです」おぼろ

誰だって脆きこころを責められず脳の硬度は豆腐に近い

「ツライ、クルシイ、ヤルキガシナイ」女生徒が〈形状記憶メンタル〉欲す

崩れたら終わりではなく苦しさも豆腐に混ぜて食べてしまおう

たくさんの秘密を伏せたふるふるの〈豆腐メンタル〉ここにもいます

泣き疲れぱさぱさになる女生徒はしばらく〈おからメンタル〉だろう

ひとつずつ書架に文庫を戻すよう　少女の話を整理する午後

釘打てる豆腐もあることもう一度あの子が来たら話してみよう

溶けだるま

その時が来たのだろうか母さんに　真昼の月がゆがんで見える

今ここがどこだかわからぬ母さんに泣いては駄目だナイテハダメダ

日めくりに「哲子さん来る」母が記す　さんざんさん付けさるる妹

青空にアッシュグレイの雲散りて明日の雨を知らせる　雪か

紅白に「がんばれ」の歌が多すぎて頑張りきれない自分を責める

誰よりも早く出勤校門に雪だるまあり用務員作

はらはらと雪の降る日はぱらぱらとけがの子たくさん出ませんように

ぽちぽちと星がふえゆく夕暮れに訂正印のふえる記録簿

マイナス×《かける》マイナス＝《イコール》プラスだと言われてますますくじけそうです

「ちゃんとした高校生ってどんなんなん？」そう悩むことできてる君さ

あたたかき言葉に弱き溶けだるま　泣き顔のまま両手をおろす

忙しなき春

足らぬもの数えるよりも足るものを数えていたい春は来にけり

イツメンはいつものメンバー弾かれて転がり込んだ保健室へと

検診が始まるまでの三十分　「続きはまたね」と区切る（ごめんね）

視力ではずるは駄目ですランドルト環の暗記を試みる子よ

すぐ座る生徒増えるが検診の座高測定削除決定

しゃがまないトイレが増えてしゃがめない生徒が増えてころころ転ぶ

はじらいを思いだすのか春ごとに欅は若葉を纏いはじめる

買ってきたことを忘れて三個目の甘藍《かんらん》買いに行きたがる母

物忘れ進みし母の脳画像　輪切りの胡桃に雪がちらほら

「その調子で飲んでください」おだやかな医師の言葉がまあるく響く

母さんは元にもどらぬ父さんが眼鏡を外し天井を見る

まなじりに盛り上がりたる滴たちぱたりぱたりと膝に飛び込む

「目がいたい？」真顔で覗きこむ母にこぼれた雫の訳は言えない

「ひさびさにコメダに来たねえ」母さんが昨日と同じコーヒー頼む

再起動何度か試みにっこりと「まさこ」を母がまた思いだす

針仕事すいすいすすむ母の手に迷いはなくて時がつながる

忙しなき春は暇《いとま》を紡げずにもつれた足でゴールを目指す

歓喜の暑さ

右のみが日焼けしたのか眼窩《がんか》から頭皮にかけてピリピリうずく

「あらこれは帯状疱疹」嬉々として診断救急外来の女医

ヘルペスにとどめをさしてくれそうな〈バルトレックス〉欠かさずに飲む

ジュラ紀なら歓喜の暑さ蘇鉄らの鋭き葉照る強き日差しに

ちはやぶる神よ明日も晴れですか気温は下げてもらえませんか

怪我プラス熱中症が多そうだ水無月朔日球技大会

「『ガイカ』って『ナイカ』の反対？」それは「外科《げか》」たぶん「内科《ないか》」の友達かもね

おしいつくづく　つくづくおしいと蟬たちが夏の名残を見送りて、秋

あかねさす紫色の看板の書店が消えて葬儀屋となる

約束

ほそぼそとまだ確実に現れて流されているわたしの卵子

「がんばれよ、あと何年か」残されし右卵巣にそっと触れたし

ぱちぱちと弾ける高三女子トーク　あと百日のＪＫ《ジェーケー》ライフ

思い出のひとつらしくて卒業式「先生身長測ってください」

「先生は俺らのおかん」それもよし　今年も息子が百人巣立つ

ひだまりが少女を包むきんいろのクリムトのような少女のうなじ

ちろちろと瞳の奥にくやしさの陽炎少女滲ませている

せかせかとシリアルバーを噛み締めてランチタイムは二分で終わる

守れない約束になる予感あり来年のことは生徒に言わぬ

Ⅱ

夜のおはよう

「おはよう」の声が夕方交差する午後五時登校夜の学校

昼は母の夜は生徒のために生く　そんな働き方が始まる

新しき勤務地昇降口そばが桜の古木に占拠されてる

教室の半分ほどの広さなり夜間定時の職員室は

二十五年ぶりの〈夜間定時制〉給食カレーを生徒とぱくり

そのままの姿勢を保つ難しさ　職員写真のよじれた笑顔

校舎内さくらフレーク運ばれて渡り廊下に淵となりぬる

さらさらのさくらフレークよぎる夜に昼の生徒のさよなら浮かぶ

定時制夜間高校検診日　歯科医も暮れた校門通る

暮れ方の裳裾が校舎を包みたり「C《シー》、C《シー》」歯科医の声聞きおれば

歯科検診終わっているのに口閉じぬ生徒に小声で「はい、次の人」

わさわさと風に揉まれて授業中　教室の窓に触れる木々の枝《え》

ひとつずつトイレの個室の戸を開けて授業を抜けた生徒を探せ

なんとなく授業のやる気無き女子が座っているよ　ピンクの便座

突風が桜の蕊《しべ》までもぎ取って夜に織られる臙脂《えんじ》の絨毯

ギョーカイの人

ギョーカイの人みたいだね「おはよう」で始める夜間定時の授業

たちまちに発熱しだした校舎内　動きはじめる室外機　ごお

午後五時のまだ日の高き文月の登校生徒の影の短さ

夜ならば涼しかろうか　いや夜の廊下にこもる熱気を泳ぐ

「今日休む」「電話えらいね、また明日」明日のために教師は褒める

学校に来て褒められてはにかみて笑顔の花を育てる少女

疲れるね　バイトのあとの学校に作業着のまま駆けこむ青年

給食の隣の席で少女らが「ノムさん聞いて」と囀りだすよ

給食のスプーン右手に持ちながらスマホの言葉掬う生徒ら

「アイって何?」少女突然口開く「虚数のi《アイ》ね」と念を押しつつ

難解な数式よりも気になるね「i《アイ》」って何だろ「I《アイ》」ではないね

あいまいな境界線が許せない女子のいざこざ男子のだんまり

「暑い日は余計怒れることない？」と自覚がある子　意外と多し

「まあいいか」お互い言えるようになれ（上書き保存でお願いします）

教室の網戸にカナブン張り付いて夜の授業に参加しており

藍色の深まる夜の校舎にはi《アイ》と√《ルート》の授業が続く

青そこひ

眼の中の動かぬ雲に気づきたり白内障かもしれぬこの雲

何本か眼鏡変えても右目だけ鼻のあたりがもやっとかすむ

信号が滲んで見える　こすってもこすっても取れぬにごりにひやり

流れ行く星を数えているようだ　視野の検査のボタン押す時

つぶされて樹液が滲む根のような右視神経出血画像

欠けたまま戻らぬ月を抱くように視野の検査の用紙仕舞いぬ

（教材のひとつだこれは）たんたんと医師の説明腹で受けとむ

月はまた満ちてくるもの視野はただ欠けていくもの〈青そこひ〉とは

宵闇に喰われてしまったかもしれぬ　いびつな視野は戻らぬままで

一滴の薬が染みる眼圧を下げねばならぬ危うさを知る

花のなき季節が巡るからからからと冬の枯野の歯車を聞く

真剣勝負

さかさまの空とじこめているような水たまり蹴る　空は壊れる

母さんに言わずにしまう　父さんに言えずにしまう（ごめん、疲れた）

嗚呼ああとアルルカンを誘いたるカラスののどに残りし音が

町医者の門に明かりがともる頃やさしい雨がわたしを包む

上弦の月にいくつも跳ねる影　夜間高校体育大会

先生と真剣勝負で行くからな　クラス対抗リレーの抱負

ぐいぐいと走る若手の教員をひょいと抜き去る四年の男子

給食室片付けた後に駆け付けてエールを送る調理師四人

コンビニのレジ打ち終えた女生徒が買い取っている廃棄おにぎり

すれ違いざまの生徒の「そういえば教師ブラック？」真顔での問い

限りなくブラックに近い灰色の仕事ですから教師は時に

おやすみは言わずにさようならで去る生徒らの夜はまだまだ続く

冬の弦

入院の理由忘れる母と手をつないで登る院内階段

そのうちに怒ることすら忘れると医師が言いたり涼しき顔で

合鍵を探していいます母さんの笑顔の扉開く合鍵

足元に踏みしだかれて香《か》を放つメタセコイアの落ち葉の最期

「おかえり」のおかわり欲しくて母さんの両手をぎゅっと握りしめてる

大切なことを忘れてしまいそう栗鼠が隠した胡桃が芽吹く

降るふると言われて窓の外眺め雪雲どろり心ざわめく

黒板が気象記号で埋められて「次のテストは●《あめ》から出すぞ」

「あの雪がお米だったらいいのにな」ガス止められて寒がる少年

しもやけを知らぬ生徒が水虫と足を見せたり紫の指

「病院はお金かかるし」女生徒の優先順位は明日の電気

炊き立てのご飯のような春を待て　二月の雨に研がれる大地

はじかれて冬の奏でる弦となり電線強く弱く揺れ出す

ポルトガル、スペイン、タガログ話したる生徒に「おいで」と日本語で指示

カタコトで喋る生徒のプリントに仮名をふりたり平仮名にカナ

みしみしとからだが軋む爪先を尖った黒の靴に押し込む

〈豆腐屋のヤンおばさん〉の纏足《てんそく》を思いだすなり靴擦れの夜に

隙間なく揺れる青竹さざ波の合間からからからっぽの音

まだ話しかけては駄目だ　女生徒がマスクを顎へずらした時は

行けたこと誉めればニヤリ口角をあげたり歯科に通う女生徒

ドラゴンライダー

雨音が濁ることなくベランダにたたんたたんと高らかな朝

密室で焼かれるよりは飛び跳ねて朝迎えたき食パン二枚

四階の窓から見える鐵《てつ》の街　君らが春から働く工場

かたわらに桜の息吹しのびこむ夜の校舎を施錠するとき

シーソーにまたがってみればわれこそは一夜《ひとよ》限りのドラゴンライダー

さあ行けとさくらが風を摑むときひとふりふたふり萼《うてな》ゆるめる

歩き出すことのできない桜たち　ざわりざわりと花びらを蒔く

雨季が来てにわか湖沼が現れるように増えたり生徒相談

夜の窓　開け放ち空とつながって冷えた大気と同化してみる

定時制相談年間利用者の九割が女子五月に集中

つよくもなくよわくもなくて登校の決意鈍らす五月の雨は

午後は雨　南国生まれの生徒らの欠席理由「雨アブナイネ」

「雨の日は嫌い友達探せない」傘に隠れたあの子はだあれ

夏も夜

細く長く林檎の皮を剝くように夜学の生徒は四年学びぬ

ひっそりとおばけが参加してるかもしれないよ　夏の夜学の授業

夏も夜　しかし重たき夕暮れを見送るまでが登校時間

「先生は夜だけ働く人ですか」午後一時過ぎ出勤してる

黒板に「真剣模死《しんけんもし》」と書きのこす全日制の生徒の叫び

定時制理科の授業は特別に天体観測「あれが火星だ」

マジ、ヤバイ、メンドクサイで事足りる生徒の口癖うつる　ヤバイな

夜に紛れ吐くため息は悪くない　葉の裏にある気孔のように

着信音　合図アラーム生徒から夏のＳＯＳが届きぬ

つながらぬ〈いのちの電話〉のクレームを職員室で受ける真夜中

夜更かしを頭ごなしに叱れない　生徒は夜を縫うように生き

こんな家出てってやると言い切れるお金も強さもまだなき少女

大切な家族の一人モモンガを家系図の中に入れる女生徒

「母さんはうるさいって言う」おうちでは泣けぬ少女は学校で泣く

かなしみの単語の一つかもしれず生徒の「ウザイ」を置き換えて聴く

ポケットの懐中電灯たしかめて廊下の電気ひとつずつ消す

ひとりにするな

四十度超えの名駅《めいえき》着ぐるみが配るティッシュを断り切れず

教員の熱中症が気がかりで〈OS-1《オーエスワン》〉を夫に持たせる

パニックを起こして走る女生徒を追いかけているスリッパのまま

カモシカのようにフェンスを跳び越えて走り去る女子ひとりにするな

「ダイジョウブ」ふるえる少女の過換気がとまるまで待つ両手をつなぎ

おむかえの保護者が来れぬ女生徒を家まで送る金曜の夜

石段《いしきだ》に晩夏の匂い薫《くゆ》らせて雨ごおごおと追いかけてくる

こんなはずじゃなかったはずの気まずさをアサリの砂とともに吐き出す

きっちりと結わえ続けし黒髪をざくりと切った娘のうなじ

ぼやけてる写真はまるで泣きそうな娘の瞳の中のかなしみ

思いだすように頭《こうべ》を差し出して曼珠沙華咲く夜の河原に

「つむじから枯れてくみたい先生は」そろそろ髪を染めるとしよう

何者

再入院決まりめらめら燃え上がり母が私に怒りぶつける

類焼を避けねばならず三歩ほど母から離れ二歩あゆみよる

やわらかき笑顔の母のフォトデータ　父の待ち受け画面となりぬ

空からの馳走のひとつ秋雨はこのくちびるを掠めるスープ

俺様が何者なのかわからない若者なにより話をお聞き

主語は誰　九十九人そこにいるグループＬＩＮＥの通話ざわめく

硬質の声のクレーム電話には砂鉄うごめく磁場のあるなり

スコールのような保護者の苦情終え耳から離れる受話器の軽さ

〈推《お》しメン〉を教えてくれし女生徒に見せたし今の夕日の濃さを

「イケメンに告られそう」から始まって「親離婚かも」に変わる相談

「学校に来るべきですよね」美容師になりたき少女の枝毛が透ける

さむさむと声が上がりぬ中庭に粉雪ふわり　夜ぞふけにける

圧

制服の昼の生徒とすれちがう私服で登校夜学の生徒

ふわふわとかき混ぜて咲け夏空を　風にまぎれて白さるすべり

三十五度とうに超えたり寒暖計普通の夏を忘れそう

〈圧《あつ》〉

日没後熱を孕んだ体育館「マジ、やだ、暑い」の声が集まる

じっくりと夏の西日に炙られて体育館内三十三度

午後六時球技大会開会式諸注意「普通じゃない暑さです」

「ニッポンの暑さ変だよ」ブラジルの少年こそっと告げ口に来る

ぽつぽつと歩くリズムで話しだす生徒見送る夜の早退

本当のことを言えずに弾けたる柘榴のような唇の傷

喘息を全息と書く少女いて息苦しさを補うように

「安心の貯金ができればいいのにね」鶴を折りたる少女の吐息

くれないのクレインひふみよいつまでに折らねばならぬわけではないが

あつい暑い夏休み来る　あ、やっとなついた子の手が離れてしまう

あまのはらふりさけみれば滲みたる月を校舎の窓がとらえる

「わあ月が綺麗」といえば「先生に告られた」って男子振り向く

おのおのの国の言葉が混ざり合い夜の廊下にサンバのリズム

「骨折れた！」「誰の？」「傘の！」くびすじに生徒抱きつく（傘で良かった）

折れた骨直して整えたる傘をぽんっとひらいて吹きこむいのち

あとがき

この本は歌集という形の「保健だより」として纏めたものです。

最近の子どもたちの何気ない日常を、保健室の視点で詠んだ歌を多く選びました。

歌集のタイトル『夜のおはよう』は、勤務先の定時制高校の始業の挨拶から引用しました。

「おはよう」の声が夕方交差する午後五時登校夜の学校

「こんにちは」や「こんばんは」には「ございます」がつきませんが、「おはよう」は「おはようございます」と丁寧な言葉になります。定時制の授業を丁寧な言葉で始めようという願いが込められています。

今の子どもたちの中には、それぞれ厳しい環境を抱えた子も多くいます。そんな彼らの現実を短歌という形で残しておきたいと思いました。

様々な環境の中、頑張って通学してくる生徒たちを見ていると、私も元気を分けてもらえます。この子たちの「できたよ」という顔を見つけると本当に嬉しくなります。今、この場で生徒を支え、成長を見守る仕事を、いましばらく続けることができればと思っております。

＊

私と短歌の出会いは不思議なものでした。

十五年ほど前に自己流で書きとめていた短歌。形を取るまでは、それから何年か時間がかかりました。

十年前に幼馴染みと話す機会があり、それとなく「今、短歌みたいなもの始めたんだけど、行き詰まっててさ。」と打ち明けたところ、

「え、私のお義母様が短歌やっているよ！」

お互いに驚きました。

それが「コスモス」との出会いでした。同人誌や結社があることなど知らぬ私は、その後、不思議なご縁から鈴木竹志さんを紹介され、師事することとなりました。

＊＊

さて、こうしていざ一冊に纏めてみますと、私小説のように生きてきた足跡を詠んだ歌も意外と多く自分でも驚いています。短歌とは自分の生に根付いているのだとあらためて気づきました。

短歌を本格的に学び始めて十年。仕事、家庭、体調と様々な変化がありました。何度も仕事を辞めようかと悩んだ時もありました。

しかし、傍らに家族と短歌、そんな私を支えて導いてくださったたくさんの方がいらっしゃって、低空飛行ながら、「こんな私でもいい。やれることを頑張ろう。」と踏ん張れたのだと思います。

この本を刊行するにあたり、選歌やご指導下さいました鈴木竹志さんには、本当にお世話になりました。言葉には尽くせぬほどお手数をおかけしました。ありがとうございます。また、広坂早苗さんと大松達知さんは、大変お忙しい中、栞文を快くお引き受けくださいました。望外の喜びです。

最後になりましたが、六花書林の宇田川寛之さん、装幀の真田幸治さん、歌集の編集にあたり丁寧なお仕事をしていただき感謝しております。

そして、この本を手に取ってくださった皆さまに感謝しつつ、あとがきとさせていただきます。

令和元年七月

野村まさこ

略歴

野村まさこ（のむらまさこ）

昭和45年　静岡県浜松市生まれ
平成２年より愛知県立高校に養護教諭として勤務
平成21年「コスモス」入会
平成23年「中部日本歌人会」入会
平成25年　中部日本歌人会　中日短歌賞受賞
平成28年　コスモス内同人誌「ＣＯＣＯＯＮ」入会

愛知県在住

夜のおはよう

コスモス叢書第1156篇

令和元年８月17日 初版発行

著　者――野村まさこ

発行者――宇田川寛之

発行所――六花書林
〒170-0005
東京都豊島区南大塚３－24－10－１Ａ
電 話 03-5949-6307
FAX 03-6912-7595

発売―――開発社
〒103-0023
東京都中央区日本橋本町１－４－９　ミヤギ日本橋ビル８階
電 話 03-5205-0211
FAX 03-5205-2516

印刷―――相良整版印刷

製本―――武蔵製本

定価はカバーに表示してあります
ISBN978-4-907891-86-2 C0092